AF603595

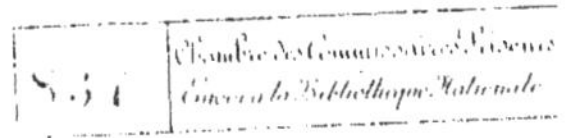

Vente après départ

SOMPTUEUX MOBILIER

Ancien et de Style

TABLEAUX, DESSINS, GRAVURES

PORCELAINES, BRONZES, OBJETS DE VITRINE

Tapisserie, Dentelles, Tentures

TAPIS

Mᵉ LAIR DUBREUIL
COMMISSAIRE-PRISEUR

M. A. BLOCHE
EXPERT PRÈS LA COUR D'APPEL

PARIS. — IMPRIMERIE C. CHAUFOUR
8-10, Rue Milton, 8-10

CATALOGUE

D'UN

SOMPTUEUX MOBILIER

Ancien et de Style

2 BEAUX MEUBLES DE SALON EN TAPISSERIE

Lit et Chaise longue en bois sculpté Louis XV et Louis XVI

IMPORTANTE SALLE A MANGER DE STYLE LOUIS XVI

Commodes, Bibliothèque, Secrétaire et Tables des époques Louis XV et Louis XVI

Glaces d'époque Régence

PIANO A QUEUE D'ERARD — COFFRE-FORT DE FICHET

Sièges

BRONZES — ÉTAIN — MARBRES

Lustres, Appliques, Flambeaux, Grande Fontaine en étain, Bustes en marbre

TABLEAUX - AQUARELLES - DESSINS - GRAVURES

Porcelaines, Faïences, Objets de Vitrine, Orfèvrerie

TAPISSERIE — DENTELLES — COUSSINS

TENTURES — TAPIS

Dont la vente après Départ

aura lieu

HOTEL DROUOT — SALLE N° 1

Le Vendredi 9 et Samedi 10 Décembre 1904, à 2 h. 1/4

Me F. LAIR DUBREUIL
Commissaire-Priseur
6, RUE DE HANOVRE, 6

M. ARTHUR BLOCHE
Expert près la Cour d'Appel
51 — RUE SAINT-GEORGES — 51

EXPOSITION PUBLIQUE

Le Jeudi 8 Décembre 1904, de 2 heures à 6 heures

CONDITIONS DE LA VENTE

La vente sera faite au comptant.

Les adjudicataires payeront *dix pour cent* en sus du prix d'adjudication.

L'exposition permettant au public de se rendre compte de l'état et de la nature des objets, il ne sera admis aucune réclamation une fois l'adjudication prononcée.

DÉSIGNATION

MEUBLES ANCIENS ET DE STYLE

1 — Beau meuble de salon en bois sculpté et doré de style Régence, couvert en tapisserie à sujets, d'après Oudry, représentant au milieu de riches encadrements à guirlandes de fleurs, des oiseaux dans des paysages, il se compose de : un canapé, deux bergères et quatre fauteuils.

2 — Joli meuble de salon en bois sculpté et doré de style Louis XVI, couvert en fine tapisserie offrant aux dossiers des corbeilles et des vases fleuris reliés par des guirlandes de fleurs à de grands rinceaux feuillagés. Les sièges, à décor analogue, offrent au centre des brûle-parfums enflammés, il se compose : de un canapé, quatre fauteuils et deux chaises.

3 — Bel ameublement de salle à manger en bois sculpté et laqué blanc de style Louis XVI, composé de : un grand buffet-dressoir, bandeau à oves et enroulements ; le bas à colonnettes cannelées, ouvre à deux vantaux séparés par une étagère, coins arrondis à tablettes ; le haut à consoles est surmonté d'un fronton à galerie ajourée. — Une table ovale et sept allonges. Deux consoles à étagères à dessus de marbre et douze chaises garnies de canne avec coussins de sièges en soie bleue brochée.

4 — Belle commode de forme ventrue ouvrant à deux tiroirs en marqueterie de bois à corbeilles et bouquets de fleurs, chutes et ornements en bronze doré, dessus en marbre brèche d'Alep. Epoque Louis XV.

5 — Beau lit de milieu en bois de noyer sculpté Louis XV, montants à crosses feuillagées, garni de canne, avec son sommier.

6 — Matelas garni en moleton blanc à bordure de soie rose et son traversin.

7 — Chaise-longue en bois de noyer sculpté à double garniture de canne, époque Louis XVI, avec son coussin en soie rayée fond crème, ton sur ton.

8 — Petite table en marqueterie de bois ouvrant à deux tiroirs et un tiroir sur le côté, ornée aux angles de tors de lauriers, dessus en marbre bleu turquin à moulure de cuivre. Epoque Louis XVI.

9 — Commode Louis XVI en bois de rose, avec chutes, poignées et entrées de serrures en bronze, intérieur gainé de soie, dessus de marbre blanc.

10 — Petit secrétaire en bois de rose et palissandre dessus en marbre. Epoque Louis XVI.

11 — Bibliothèque en bois de placage d'époque Louis XV ouvrant à deux portes grillagées et ornée de bronzes dorés.

12 — Pendule en marqueterie de cuivre plaquée d'écaille, ornements en bronze à mascarons, vases et lambrequins ; montants à cariatides supportant le fronton couronné par une figure de renommée. Epoque Louis XIV.

13 — Jolie vitrine en palissandre ornée de bronzes ciselés et dorés de style Louis XVI. La partie supérieure est décorée d'un groupe de petits faunes et de petit bacchus placé entre des guirlandes de fleurs; le bas est orné d'un médaillon à figure de prêtesse et de rinceaux en bronze doré.

14 — Grand porte-manteaux en bois sculpté, parties anciennes, formant stalle placée entre deux panneaux garnis de petites glaces biseautées et formant porte-parapluies.

15 — Piano à queue en palissandre, d'Erard.

16 — Table rectangulaire en marqueterie de bois et palissandre à quatre faces, dessus en marbre vert de mer, style Louis XVI.

17 — Petit meuble en bois de rose ouvrant à deux portes grillagées à dessus de marbre, intérieur gaîné de soie rose à bandes de fleurs, style Louis XVI.

18 — Table à quatre faces en acajou ornée de bronzes, sur quatre pieds surmontés de bustes de femmes et se terminant par des griffes en bronze, dessus de marbre vert de mer. Epoque Ier Empire.

19 — Deux petites consoles forme demi-lunes en bois sculpté et laqué crème rehaussé de dorures, sur quatre pieds cannelés, dessus en marbre, style Louis XVI.

20 — Chiffonnier Louis XVI en bois satiné encadré de palissandre poignées et entrées de serrures en cuivre, dessus de marbre blanc.

21 — Glace cadre en bois laqué à ornements en bois sculpté et doré d'époque Régence, surmontée d'un trumeau à sujet champêtre.

22 — Glace d'époque Régence en bois sculpté et doré, cadre et fronton partie en glace.

23 — Petite table Louis XV en marqueterie de bois de rose formant bureau de dame et posant sur quatre pieds cambrés.

24 — Petit guéridon à crémaillère en acajou, dessus en marbre bleu turquin à galerie de cuivre. Époque Louis XVI.

25 — Petite table en marqueterie de bois et ornements de bronzes dorés sur quatre pieds cambrés reliés par une tablette d'entrejambe. Style Louis XV.

26 — Petite table en acajou à bordure de bois de rose.

27 — Guéridon rond en marqueterie de bois sur quatre pieds, dessus à galerie de cuivre, garni de deux tiroirs et deux tablettes. Style Louis XVI.

28 — Petit guéridon trépieds à dessus de marbre et galerie de cuivre.

29 — Table en bois laqué gris, dessus en étoffe recouverte d'une glace.

30 — Porte musique Louis XVI en bois sculpté à tige cannelée posant sur trois pieds feuillagés.

31 — Etagère d'applique formant vitrine en bois verni.

32 — Coffre-fort de Fichet.

33 — Petite table Louis XVI en acajou et bois de rose garni de trois tiroirs dont un formant écritoire; poignées et entrées de serrures en bronze.

34 — Petit guéridon rond Louis XVI en marqueterie de bois avec tablette d'entrejambe, dessus en marbre blanc à bordure de cuivre.

35 — Petite table Louis XVI en marqueterie de bois rose forme ovale garnie de deux tiroirs et d'une tablette à écrire; elle pose sur quatre pieds reliés par une tablette d'entrejambe.

36 — Chiffonnier en noyer décoré de peintures à figures d'amours se jouant au milieu de guirlandes de fleurs, dessus en marbre.

37 — Guéridon de forme contournée en marqueterie de bois et ornements en bronzes ciselés et dorés; dessus en marbre fleur de pêcher; style Louis XV.

38 — Bergère en bois sculpté laqué blanc d'époque Louis XVI, garnie en soie fond crème à guirlandes de fleurs et de feuillages.

39 — Deux bergères en bois sculpté et laqué gris à perlé et feuillages couvertes de soie crème à rayures et bouquets de fleurs. Style Louis XVI.

40 — Petite bergère en bois sculpté laqué blanc de style Louis XVI, garnie en ancienne soie à jetées de fleurs et feuillages sur fond gris.

41 — Fauteuil Louis XV, en bois laqué blanc garni en satin jaune brodé à fleurs et ornements en soie blanche.

42 — Fauteuil en noyer sculpté de style Louis XV, garni en étoffe imitant la tapisserie.

43 — Petit fauteuil en bois sculpté peint gris garni de canne. Style Louis XVI.

44 — Banquette en bois sculpté et doré de style Louis XV, couverte en soie brochée à fleurs sur fond gris.

45 — Petite banquette en bois sculpté peint blanc de style Louis XVI avec dossier et siège cannés, coussin de siège en velours marron.

46 — Bout de pieds en bois sculpté peint blanc. Style Louis XVI, garni en cretonne.

47 — Deux chaises en bois sculpté et laqué gris. Style Louis XVI garnies de canne.

BRONZES, ETAIN

48 — Lustre en bronze formé de quatre volutes supportant une corbeille garnie de pendeloques et d'enfilages de cristaux, la tige centrale est ornée d'un bouquet de roses en bronze, à l'intérieur sont placées six lumières électriques.

49 — Lustre en bronze à enfilages de cristaux formant couronne garni à l'intérieur de quatre lampes électriques.

50 — Grande fontaine en étain forme vase, gorge à cannelures, anses et poignée de couvercle formées par des dauphins, panse décorée d'armoiries, socle carré garni de deux robinets en cuivre à têtes de cygnes, avec son bassin, le tout est supporté par une console en bois sculpté peint blanc, de style Louis XVI, garnie dans la partie supérieure d'un double cannage.

51 — Paire de girandoles en cuivre poli à cinq lumières disposées pour l'électricité et garnies de cristaux.

52 — Paires d'appliques en bronze doré à deux lumières électriques formées par des branches de roses retenues par un nœud de ruban. Style Louis XVI.

53 — Paire de flambeaux en bronze ciselé et doré d'époque Louis XV.

54 — Petit candélabre à deux lumières en bronze doré de style Louis XV avec écran en soie verte ; disposé pour l'électricité.

55 — Petit candélabre à deux lumières en bronze doré de style Louis XV.

56 — Coupe en émail cloisonné de Chine fond bleu turquoise, décor au dragon sur socle en bronze ciselé et doré formé de deux dragons enlacés.

57 — Porte-musique en bronze et bronze doré Ier Empire sur pied triangulaire socle en marbre rouge.

58 — Paire d'appliques en bronze doré à deux lumières électriques style Louis XV.

59 — Applique Louis XV en bronze et cristaux, garnie de cinq lumières disposées pour l'électricité.

60 — Paire de petits candélabres en bronze argenté de style Louis XVI formés par des carquois supportant deux lumières électriques.

61 — Flambeau de bouillotte à trois lumières en bronze argenté. Époque Louis XVI.

62 — Paire de chenêts en bronze doré modèles à vases enguirlandés sur balustrades ajourées. Style Louis XVI.

63 — Paire de petits flambeaux Louis XVI à deux lumières en bronze argenté modèles à colonnes cannelées.

64 — Éléphant marchant en bronze, de FRATIN.

65 — Taureau couché en bronze.

66 — Presse-papiers en bronze à figure de levrette couchée.

67 — Coupe en bronze doré sur socle quadrangulaire orné de guirlandes de fleurs.

68 — Pendule de voyage en bronze ciselé et doré de Leroy et Cie à Paris, avec son écrin.

69 — Petit thermomètre cadre en bronze doré.

70 — Porte-pelle et ses accessoires en cuivre poli.

TABLEAUX

AQUARELLES, DESSINS

AIBERTI (H.)

71 — *Bateau dans un port.*

DITERIVE

72 — *Le maréchal-ferrant.*

73 — *Le départ pour le marché.*

Deux pendants.

ECOLE FLAMANDE

74 — *La Vierge allaitant l'Enfant Jésus.*

ECOLE FRANÇAISE

75 — *Jeune femme étendue les seins nus.*

Pastel.

76 — *Allégorie à l'automne.*

Peinture en grisaille.

ELLEN

77 — *Bouquet de violette.*

Aquarelle pour almanach.

HELLEU

78 — *Etude, femme nue.*

Dessin aux deux crayons.

HOGARTH (Attribué

79 — *Les vieux polissons.*

Cadre en bois sculpté et doré.

LELY (Le Chevalier)

80 — *Portrait de femme décollettée en corsage broché avec boucle de cheveux retombant sur les épaules.*

LE MOYNE (Attribués à)

81-82 — *Deux compositions inspirées de la Bible.*

Cadres d'époque Louis XIV en bois sculpté et doré.

LOO (Attribué à Van)

83 — *Le Déjeuner de chasse.*

MARCOTTE DE QUIVIÈRES

84 — *Brick en mer.*

Aquarelle pour almanach.

RAFFAELLI

85 — *La belle Louise chef des dames hongroises.*

Dessin.

RIGAUD (Ecole de)

86 — *Portrait d'un jeune Dauphin en armure recouverte d'une écharpe blanche.*

87 — *Portrait d'un jeune garçon en habit rouge brodé*

Deux pendants forme ovale.

Cadres en bois sculpté et doré Louis XIII.

SAUVAGE (Attribué à)

88 — *Plaisir.*

Peinture décorative en grisaille.

GRAVURES

En noir et en couleur

89 — Quatre belles gravures du XVIIIe siècle, d'après HUET : Les Saisons

90 — Gravure en couleur, d'après ROWLANDSON : Le Vaux Hall.

91-92 — Deux gravures d'après : BAUDOUIN, Le Carquois épuisé. LAWRENCE, L'Heureux moment.

Cadres laqués blanc.

93-94 — Deux gravures italiennes : Intérieur rustique. Buveurs.

Cadres en bois sculpté et doré.

95 — Gravure anglaise d'après SNYDERS A. FRUIT MARKET.

96 — Gravure anglaise d'après MARTIN DE VOS : The Larder.

97 — Gravure d'après MARIO DI FIORI : A concert of Birds.

Cadre sculpté et doré.

98 — Gravure d'après MOUCHET : La Méprise.

99 — Gravure d'après WATTEAU : L'Alliance de la Musique et de la Comédie.

100-101 — Deux petites gravures en couleur d'après HUET : Les deux favoris.

102 — Médaillon en couleur : Portrait de Mlle Desbrosses.

103 — Gravure en couleur d'après SCHALL : Le Panier renversé.

104 — Gravure à la sanguine : Jeune femme vue de dos, d'après FRAGONARD.

105-106 — Deux petites gravures en couleur : La Noce au château et le menuet de la mariée d'après DEBUCOURT.

SCULPTURES

107 — Grand buste de femme drapée Louis XVI en marbre blanc.

108 — Petit buste de Marie Antoinette en marble blanc sur socle en bronze à tors de lauriers.

109 — Statuette en terre cuite par RANIERI : Primevère et Papillon.

110 — Colonne en onyx avec base et chapiteau en bronze doré.

PORCELAINES FAIENCES

VERRERIE

111 — Paire de vases en ancienne porcelaine de Chine fond bleu à décor d'animaux et de volatiles en or, montés en bronze.

112 — Soupière et son couvercle en ancienne porcelaine de Furstenberg, décor d'oiseaux perchés sur fond blanc, dans des encadrements gauffrés, feuillagés et fleuris.

113 — Soupière et son couvercle en ancienne porcelaine de Saxe de forme lobée, sur quatre pieds à griffes, décor à bouquets de fleurs, bordure gaufrée, anses dorées.

114 — Petit seau jardinière en porcelaine pâte tendre bleu turquoise décorée de médaillons à figures d'oiseaux dans des encadrements dorés, socle en bronze.

115 — Paire de jardinières en porcelaine, décor à bandes quadrillées en bleu et or et bouquets de fleurs.

116 — Grand vase de forme ovoïde en porcelaine de Sèvres gros bleu fouetté à filets dorés.

117 — Coupe à couvercle en ancienne porcelaine du Japon, décor en bleu, rouge et or, montée en bronze.

118 — Grande coupe porcelaine de Berlin décorée de sujets à personnages et de fleurs, monture en bronze doré, couvercle surmonté d'une figure de petit Bacchus.

119 — Deux statuettes de danseuses en biscuit de Sèvres.

120 — Paire de vases sur piédouches en porcelaine fond rose à rehauts d'or, décorés d'une bande à sujets maritimes.

121 — Vasque jardinière de forme contournée en faïence de Marseille, décor à fleurs, anses à mascarons.

122 — Paire de vases à couvercles en porcelaine de Chine de la famille verte, décor à cavaliers et guerriers dans des paysages.

123 — Paire de coupes en ancienne porcelaine de l'Inde, décor en polychrome à personnages dans des paysages, monture en bronze.

124 — Statuette de chanteuse en biscuit de Sèvres.

125 — Porte-bouquets en faience à reflets, de Clément Massier.

126 — Coupe en faience à reflets, de Clément Massier.

127 — Coffret en porcelaine, décoré sur le couvercle d'un sujet champêtre.

128 — Coffret de forme Louis XV en porcelaine gros bleu à réserves de paysages et de personnages dans des encadrements dorés.

129 — Eléphant en porcelaine blanche.

130 — Pendule et deux flambeaux en faience de Marseille. Style Louis XV.

131 — Grand bol avec plateau en porcelaine blanche à décor barbeau.

132 — Deux petites tasses avec leur soucoupe en porcelaine blanche à médaillons et fleurs.

133 — Deux pichets en faience décorée, couvercles en étain.

134 — Deux statuettes d'amours porte-bouquets en faience blanche.

135 — Bonbonnière en porcelaine de Copenhague, décor à fleurs.

136 — Paire de vases en cristal taillé à pointes de diamants.

137 — Vase verre émaillé à décor d'iris en or.

138 — Porte-bouquet en verre de Venise bleu.

139 — Grand verre en cristal taillé sur socle en bronze.

140 — Grand vase cornet porte-bouquet en verre.

ORFÈVRERIE

141 — Petite horloge en argent ciselé et émaillé d'aspect monumental, à quatre faces plaquées de lapis-lazulli et décorées d'un cadran et de trois médaillons à figures de saint Georges terrassant le dragon, flanquée de quatre colonnettes en ivoire supportant des petites figurines, frise et bandeau à cariatides et ornements émaillés, surmontée d'une pyramide en lapis couronnée par une statuette de guerrier. Travail allemand. Style XVIe siècle.

142 — Verre d'eau composé d'une carafe (bouchon formant flacon), deux flacons à liqueurs, un sucrier, un verre gravé, le tout garni en vermeil ciselé avec plateau à fond de glace et galerie ajourée en vermeil ciselé et une cuiller en argent. Style Louis XVI.

143 — Vase en verre gros bleu relevé d'or, monture en vermeil ciselé, gorge ajourée à entrelacs et fleurs. Style Louis XVI.

144 — Petite coupe en vermeil ciselé sur quatre pieds à dauphin : frise à fleurs et animaux chimériques ; couvercle surmonté d'une figure de lion, avec plateau gravé au chiffre P.M. XVIIIe siècle.

145 — Petite suspension veilleuse forme couronne renversée en argent repoussé.

146 — Coupe en cristal gravé garnie en argent repoussé.

147 — Couteau à lame de vermeil gravée, manche en porcelaine de Saxe.

148 — Aiguière et son bassin en métal argenté d'époque Louis XV.

149 — Vases à anses plates en cuivre repoussé et argenté surmonté d'un bouquet de trois lumières électriques formé de feuillages et d'épis et posant sur une console en même métal, travail italien.

150 — Vase jardinière sur piédouche en métal argenté décor en relief, anses à cariatides de femmes.

OBJETS VARIÉS

151 — Eventail monture en nacre sculptée et ajourée, parties dorées, feuille peinte à la gouache représentant : le Marchand de bibelots et des sujets champêtres. Epoque Louis XVI.

152 — Grande miniature sur ivoire : le Concert; cadre en bronze, fronton à nœuds de rubans.

153 — Boîte à gants décorée d'inscrustations d'ivoire, travail de l'Inde.

154 — Jeu de jacquet : boîte en laque, cornets et jetons en ivoire finement sculpté, travail chinois.

155 — Pièce en couleur : sujet galant, cadre ovale à chevalet en bronze.

156 — Boîte ronde en ivoire ornée sur le couvercle d'une miniature : la Baigneuse surprise.

157 — Coffret à bijoux en cuivre gravé, orné sur le couvercle de figures d'amours en camaïeu.

158 — Deux petites boîtes en laque du Japon.

159 — Grosse montre hémisphérique, cadran entouré de strass et de pierres violettes avec son écrin.

160 — Grande défense en ivoire.

161 — Encrier en cristal monture en métal argenté.

162 — Petit miroir à trois faces, laqué et monté en bronze.

163 — Buvard en soie brochée à fleurs.

TAPISSERIE, DENTELLES, COUSSINS

TENTURES, TAPIS

164 — Panneau en ancienne tapisserie d'Aubusson, sujet d'après HUET : La Main chaude. Bordure simulant un encadrement entouré de fleurs.

165 — Très beau couvre-lit en point duchesse avec médaillons en point à l'aiguille.

166 — Rideaux de lit en soie rose brodée à la main de branches de fleurs et de feuillages en soie blanche et garnis de volants en point à l'aiguille avec ciel de lit entouré d'un volant en même dentelle.

167 — Deux rideaux formant fond de lit en point duchesse avec médaillons en point à l'aiguille.

168 — Belle tenture murale en application sur tulle, dessin à grands bouquets de fleurs et gerbes d'épis enrubannés sur fond de soie rose.

169 — Huit rideaux en broderie et ancienne guipure italienne.

170 — Sept dessus de buffet en ancien filet vénitien.

171 — Deux grands stores formés de carrés de guipures et broderies à figures de lions héraldiques, avec volant de guipure.

172 — Store en guipure genre de Venise.

173 — Store en satin blanc avec volant en Bruges.

174 — Petit dessus de meuble en ancienne guipure italienne.

175 — Deux petits rideaux en ancienne dentelle de Cluny.

176 — Coussin en satin rose garni en application.

177 — Coussin en satin bleu garni en point duchesse et point à l'aiguille.

178 — Quatre coussins garnis de Valenciennes.

179 — Quatre coussins garnis en Bruges.

180 — Deux paires de rideaux de vitrage en soie blanche et entre-deux de guipure.

181 — Dessus de guéridon en guipure de Venise.

182 — Deux paires de rideaux de fenêtres en soie rose brodée à la main de branches fleuries et feuillagées en soie blanche.

183 — Housse de piano en ancienne soie brochée à bouquets de fleurs et festons de rubans sur fond crème.

184 — Deux paires de rideaux en brocatelle fond rose.

185 — Tenture murale en moire crème à large bordure de soie brochée à fleurs et rinceaux de feuillages.

186 à 190 — Seize coussins en soie brochée de différentes nuances (sera divisé).

191 — Tapis de table en étoffe brochée fond jaune.

192 — Tapis de la savonnerie fond gris à semis de fleurs, double bordure à rinceaux et guirlandes de feuillages.

193 — Tapis d'Aubusson fond gris dessins à rinceaux et bouquets de fleurs, médaillon central à semis de roses.

194 — Carpette orientale fond rouge.

195 — Objets omis.

www.ingramcontent.com/pod-product-compliance
Ingram Content Group UK Ltd.
Pitfield, Milton Keynes, MK11 3LW, UK
UKHW021030260726
13994UKWH00005B/2063

9 782329 381695